www.casterman.com

ISBN 978-2-203-01066-6

ZOÉ et THÉO

à la mer

Catherine Metzmeyer & Marc Vanenis

casterman

C'est le premier jour des vacances.
Et c'est la première fois que Zoé et Théo montent sur un si grand bateau !

Zoé a un peu peur. Bandit aussi. Théo, lui, est ravi.

Pas de chance, le ciel s'assombrit. Vite, il faut sortir les cirés.

Théo s'écrie : — Oh ! on peut jeter cette bouteille à la mer ? Avec un message dedans ?

Papa est emballé : — Bonne idée, Théo !
Zoé commence.

— Qui va recevoir notre lettre ? se demande Théo. Un petit Américain, un Chinois ou un Africain ?

— Au revoir la bouteille ! Rapporte-nous une belle surprise !
Théo pense : « Pourvu qu'une baleine ne l'avale pas ! »

Le lendemain il pleut très fort. Zoé et Théo s'ennuient.

Ouaf, ouaf. Bandit annonce une visite.

Dring, dring.
Papa s'étonne : — Tiens. Qui est-ce ?

Une dame sourit.
— Bonjour. Mes petits-enfants ont trouvé votre message sur la plage.

Formidable ! C'est justement l'heure du goûter.
Et voilà des invités !

Théo est un peu déçu : — Notre bouteille n'est pas allée bien loin.

Mais Zoé s'écrie : — Ce n'est pas grave.
Elle nous a amené deux nouveaux amis !

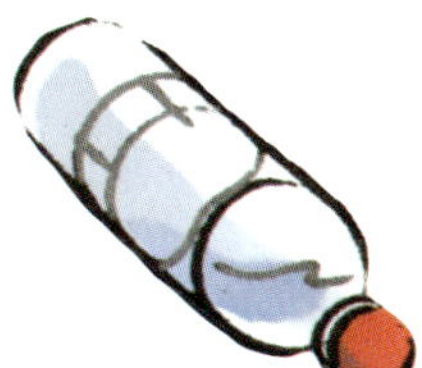

Imprimé en Espagne.
Dépôt légal avril 2008 ; D. 2008/0053/74
Déposé au ministère de la Justice, Paris
(loi n°49.956 du 16 juillet 1949 sur les publications destinées à la jeunesse).